枇杷愛す

梅田うらら句集

文學の森

序

梅田うららさんの、はじめての句集『枇杷愛す』が上梓の運びとなりました。とてもよろこばしく、おめでたいことです。

本当は日本画を習いたかったそうですが、友人に誘われ、ふらっと近くのカルチャーセンターの俳句教室を見学にいらした時に、「折角ですから、一句作ってごらんなさい」と私に突然言われて、慌てたそうですね。実は、この言葉は、新しい人にはかならず言うことでした。その時の席題が「八重桜」だったとの事ですから四月頃だったのでしょう。

何でも佳いですから、思いつく事柄、思いつく言葉で作ってみましょうと言われて気楽に始めた俳句でしたと、「さくら」誌のエッセイに書かれていらっしゃいます。

それから、俳号のうららとして、もう二十年近く、毎月句会、吟行にと御一緒しています。

枇杷啜るこの曖昧を愛すなり

句集表題となった句です。枇杷の味を「曖昧」と表現する、うららさんの感性には驚かされました。初夏の香りを待ちかねて、楽しみにしている大好きな枇杷。この言い得て妙の味には、なんとも納得させられました。

「あいまい」は、『広辞苑』によると「はっきりしないこと。まぎらわしく、確かでないこと」。『ブリタニカ国際大百科事典』には、「イギリスの詩人エンプソンが『曖昧の七つの型』でこれを詩の大きな特徴、詩的なものに対する言葉」として主張、解釈しています。

私には、日本人のもつ、日本的なる、あいまいを美徳とする感性にも通じるのではと、考えます。

「枇杷」に托した、うららさんの自己愛が強く感じられ、この雰囲気は彼女の佳き持ち味となっています。実は、うららさんは「あいまい」ではなく、物事に対してはっきりとしている人でもあるのです。

鯖素麵喰はず嫌ひを返上す
船虫の遁走の術愛すべし
じゅんさいの喉ひんやりと慈愛かな
めまとひに愛され雁字搦めかな

彼女の愛するという定義の、不思議な表現の楽しさに魅了されます。

河馬の子のどすんと落ちぬ春の水
行列に春の来てゐるメロンパン
卯の花や三角巾の帆を胸に

河馬の子が水を乱す。どすんとした水音は聞こえるはずはないのだが、やわらかな春の水に対して河馬の子の落ちた様な不器用な黒い塊。コミカルな、なんともかわいい景です。

二句め、メロンパンが有名な店。長い行列の春らしい色彩の人々、期待の甘さまでもが、春の表現としては絶品。

三句め、卯の花の白さに、三角巾の白、吊っている腕の白さとも相俟って清楚な若さが思われます。

レイばかり目立つ家族の初写真
春今宵夫に見せたき海の色
赤いポロシャツますますパパ似宵祭
嫁ぐ子や師走の街の暖かし
留守がちの夫の机の大西日
授乳するペディキュアの足涼しげや
父さんに続け草漕ぎ捕虫網
捕虫網妹が持ちはにかみぬ
孫と来てこその道草秋茜
更衣ほのぼのと夫老いにけり
退屈な父もゐてメリークリスマス
一歳の目線に並び初景色
優ちゃんの前歯が抜けて春立ちぬ
転勤の子にはじめての鰤雑煮

紙風船ふうと幸入れ返しやる
弟の古希のダンスや豊の秋
寝転びて吾子撮る父や草の花
水鉄砲大の男が本気なる
病む母に鳥団扇の風送らん

お嬢様のハワイの結婚式の句から始まり、集中、ご家族への愛情たっぷりの句が多数みられます。身近な景を詠むことは、意外と難しいものです。四季それぞれの家族のありようが、明るい光にやさしさを籠め、素直に詠われ、読むものにもほのぼのと伝わります。
大病をなさった御主人もお元気になり、恙なく五十周年の金婚式も過ぎ、その喜びとご家族への感謝の気持が、この句集の言祝になりました。

煤逃げの急勾配や日本一
初詣洞窟までを渡し舟
潮風に乗るまで重し春の鳶
化け猫の棲むてふ森や初蛍

石垣の備中刻字涼しかり
由布岳は安寧のいろ蛇の衣
抜け道の塞がつてゐる蝮草
睦言めく津軽言葉や馬肥ゆる
短夜や筑前琵琶のせつせつと
大壺に富士の薄を御師の宿
晩秋の箱根の峰を火縄銃
文化の日花嫁乗せてどんこ舟
上州や寒風に背を押されたる

バスは、船は酔うから駄目と、酔止め薬を飲んで毎月あちらこちら、吟行に足を延ばしました。うららさんの新鮮な視点にあらためて忘れ難い景がみえてきます。

デッサンにみどり色のせ花粉症
浜風を描くにうかと日焼けかな
鴨引きて点睛を欠く池の色

青空を溶くパレットに小鳥来る
綿菅の色の残りの引つかかる

うららさんは若い頃から絵を描いていて、「さくら」誌のカットもお願いしています。
掲句みな、色彩やひねりの感覚に絵画的な面白さもまじえ、うららさんらしいと言うよりほかはありません。

寒紅や恋心まだあらばこそ
墨入れし漢の腕巴里祭
尼寺に男待ちをり虎が雨
水温む培養土にも五つ星
座席に残る他人のぬくみ半夏雨
草の花こんなに長く手をつなぎ
母の日の四角四面の花届く
おむすびは祈りの形春の地震
寒の入り絵本の中も鎌の月

悪妻も居るだけでよし大賀蓮
端正とはわれのことなり毒茸
焼芋や男はなべて意気地なく

あらためて、うららさんの思い切りよく潔い直感、そこはかとなき色気、シニカルな遊び心に共感を覚えました。

ほめられてわが名うららよ春惜しむ
米寿まで生きるつもりの温め酒
まだ一つ見果てぬ夢や浮いて来い

米寿とは言わず、いつ迄も、限りなく、うららかな夢を輝かせて下さい。

二〇一四年霜月　佳日

いさ桜子

句集　枇杷愛す＊目次

装画　伊佐雄治
装幀　視工房

句集

枇杷愛す

乾杯

二〇〇一年〜二〇〇三年

二〇〇一年

乾杯のブルーハワイや年明けぬ

レイばかり目立つ家族の初写真

寒紅や恋心まだあらばこそ

近道をみんなで選び春の泥

園遊会静かに混める花の雨

五十年ぶり歩く御苑の八重桜

泥んこの雪渓吸ふや橅林

夏帯や手作り干菓子褒め合ひぬ

娘の好きなさくらんぼ持ち訪ふ新居

ロブスターの殻積上げてビールかな

夏衣あるだけ重ね旅寒し

あれが南十字星や大銀河

潜水艦に顔くっつけて熱帯魚

粉引皿扱ひ注意夏見舞

赤いポロシャツますますパパ似宵祭

白絣夢二の女連れて来し

初蟬や貴船丸碑の錨錆び

出を待ちぬ海穏やかに神輿船

傾けて踊り狂ふや神輿船

祭果て提灯の灯や坂登る

挨拶は短きがよし夏帽子

子役抱き行つたり来たり秋祭

終戦日カレーにピーマン茄子南瓜

厄除けの生姜抱きしめ五日市

なんと長き赤信号に木の葉舞ふ

立冬に半袖の腕まぶしくて

小春日や仏事慶事の人群れぬ

子の夢をラッピングする聖夜かな

家々が競つてをりぬクリスマス

風花やこんなところに老芸者

冬館サンタが屋根に張り付きぬ

侘助にちよつと派手目の着物かな

嫁ぐ子や師走の街の暖かし

盆栽のきつい捻れや冬の梅

冬の魚一匹寄ればみんな寄る

色足袋の葉つぱ蹴つたら犬吠える

冬紅葉しばし無心に山歩く

二〇〇二年

恵方道荒神箒買うてきし

春の潮魚一匹投げ出しぬ

外泊の許可書一枚初桜

そはそはと早や葉桜の虚子忌かな

タクシーにおしぼり出さる大暑かな

留守がちの夫の机の大西日

海暮れて恋ふ故郷の大花火

姿見に心もとなき宿浴衣

悪妻も居るだけでよし大賀蓮

小鳥来る乾きしままの硯かな

線香の煙にも慣れ菊人形

秋晴や孫のかけつこすぐ終る

をばさんはみんな似てゐる黄粉餅

いさぎよく記憶の底を煤払

二〇〇三年

古伊万里のくらはんか愛づ小正月

節分の福豆三粒ポケットに

水甘し忍野の主金の鱒

青大将悠然として昼闌ける

天井扇救世観世音檜香

仏像の木屑燃やすすや若葉雨

膝寄せて深川めしや傘雨の忌

全集を拾ひ読みする河童の忌

『倫敦塔』探すつもりが曝書かな

拭きあげてしたたる汗のよかりけり

二人居に靴のあふれる盆の月

ただ歩く秋のプールの込み合ひぬ

子持ち鮎まだ火の匂ひしてゐたり

山の秋旅美人てふ炭シャンプー

女工越えし野麦峠の大紅葉

句が出来ぬ頭痛肩凝り一葉忌

ネパール料理廻して味見年忘

数へ日の寄り道ばかりしてをりぬ

買つてしまひし大年の花の苗

河馬の子

二〇〇四年〜二〇〇五年

二〇〇四年

えんぶりや太夫烏帽子の地を這ひぬ

雪吸つて草履重そや子えんぶり

秘湯かなきつとふり向く貂かはい

あやすよにカルメ焼きをり浅き春

針供養電気ブランといふものを

河馬の子のどすんと落ちぬ春の水

毛利家の殿様気分柳の芽

インディゴは三月の色モリス展

蹌踉と螺旋階段猫の恋

春今宵夫に見せたき海の色

完治てふ言葉なければど春日満つ

父母の知らぬ古希なり青き踏む

頼りなき苗木でありぬきつと咲く

花筵袋廻して遊びたる

操舵室夏近き風吹き抜けて

一人静わが字に届く封書かな

鳴き出せば日がな一日匂鳥

牡丹に放蕩といふ昔かな

小満や私の耳は地獄耳

父の日や睥睨東雲坂田鮫

包帯の真白まぶしき素足かな

マスト下り来る訓練生に夏の天

甲板を跣で走り帆を揚げる

謎解きや西日にとどく観覧車

漂ひて色なき不安海月かな

荒波の天辺島の茅の輪かな

鳥の声聴きわけられずソーダ水

万緑やなにか出さうで引き返す

尼寺に優しい風や岩煙草

しなやかにルアー繰り出す竜の鬚

新しき眼鏡に替へて鵙日和

かなかなや帰路の最後の登り坂

自販機の突然唸る星月夜

口あけて傷痕あまた柘榴の実

間欠泉くわりんの実には袋掛け

町内のこぞり縄打つ秋祭

里曳きの男綱女綱や蕎麦の花

縒りきりと秋の小宮の綱打ちぞ

清潔な小石敷き詰め秋の川

秋深む嘉門次小屋の大鉄瓶

掃溜菊米粒ほどが白極む

冬来る富士のつそりと厨窓

人形の胸吸うてをり冬の蜂

白髪のおかみ矍鑠冬牡丹

先生は猫にも土産漱石忌

クリスマス路上ライブの影踊る

二〇〇五年

赤ちゃんのあはきゆめみし初笑

一月や貴婦人のごと麒麟の歩

甘すぎる笠子の煮付け寒波急

啓蟄やげその掻き揚げぽんと跳ね

行列に春の来てゐるメロンパン

魚は氷に市民ランナー混みあひぬ

神鶏に見つめられたる春ショール

畝傍山胸のあたりを花の色

木の芽和宿坊の夜の物足りぬ

駒つなぎの桜一分や御幣餅

花冷えのピアスきらりと喪服かな

四世代表札九人豆の花

熊野灘色をつくして初鰹

授乳するペディキュアの足涼しげや

潮風の門司やバナナの叩き売り

白日傘跳ね橋開く鉦の音

関門海峡五分で渡る船遊

短夜や筑前琵琶のせつせつと

由布岳は安寧のいろ蛇の衣

てのひらにこは由布院の初蛍

夏至の日の放牧されて牛の影

半夏生おぼろ豆腐に生姜効く

馬の子のときをり甘え半夏雨

小梅蕙草ふりかけの如山開

満天の星空さびし袋角

目にささる一味の赤も夏炉かな

諸肌脱少女が叩く大太鼓

西濠をおほひつくして蓮の花

烏天狗腰掛杉や瑠璃鳥のこゑ

洞深き古木の気魄涼しかり

深き沼擬宝珠の色濃くしたる

青空を溶くパレットに小鳥来る

沢音の激しき左岸ななかまど

吊橋のかすかな揺れも秋の声

月光のチェロにかしづく十指かな

ご祝儀にねぷたくるくる廻しけり

人波のねぷたにつれて動きたる

留学生も弘前大学ねぷたかな

幼稚園児の金魚ねぷたの祈りかな

先達は吉幾三や立佞武多

睦言めく津軽言葉や馬肥ゆる

秋の風象の細き目なほ細し

地震の地球住むほかはなし竹の春

月白やもう薄れたるガムの味

新宿のけだるき森や九月尽

白桃の一息に熟る夜の闇

さくさくとこの風流を零余子飯

稲滓火や丹沢の闇濃くしたる

勾玉のにぶきひかりも秋の色

屏風絵の箏のきこゆる葛の花

銀杏散る松本楼のオムライス

池普請ホースの腹ののたうちぬ

煤逃げの急勾配や日本一

おちよぼ口産湯つかふやクリスマス

念仏の暗がりに咳ひろがれる

ゐると言ふ鳥天狗と年惜しむ

寒の明

二〇〇六年〜二〇〇八年

二〇〇六年

兄となりたる少年や去年今年

一歳の目線に並び初景色

空の檻成人の日の動物園

食堂の米価暦や多喜二の忌

子規庵の庭が宇宙や黄水仙

堅香子の花一叢の気負ひかな

夕ざくらゆるりゆるりと偏頭痛

ほめられてわが名うららよ春惜しむ

花は葉に賞味期限の切れさうな

立夏かな切手の白き水芭蕉

六月や尾長の統べる野草園

自在とはいかぬ鍬なり梅雨の蝶

墨入れし漢の腕巴里祭

パソコンの途方に暮れるはたた神

トランプのばば取りに来る火取虫

地に這ひて撮る赤富士のてらてらよ

目を閉ぢて噴水の水音を浴ぶ

虫干しの通りすがりや母の色

通草の実しやぶりて種の濃むらさき

一キロも武州長沼稲城梨

猪威今宵はなやぐ御師の宿

霧ながら音のひろごる湖水祭

立山や恋に落ちたる野分晴

あをあをと二百十日の飛蝗かな

孫と来てこその道草秋茜

吊るされて秩父銘仙神楽月

冬花火年に一度の女将とや

天平の水路名残や草氷柱

枯らす鉢また買ひもして降誕祭

退屈な父もゐてメリークリスマス

煤逃げの越後も真夜の露天風呂

二〇〇七年

天辺に達磨が睨む吉書揚げ

いち日を髪にどんどの火の匂ふ

潮風に乗るまで重し春の鳶

山椒の芽緑茶とろりとふくらみぬ

退院や待ち焦がれをる種袋

貝寄風に夕日も見えず露天風呂

北前船交易の跡鳥帰る

内股に歩くインコや春の泥

胆汁は珈琲色に暮の春

捕虫網妹が持ちはにかみぬ

父さんに続け草漕ぎ捕虫網

真つ黒な能面の舞ふ花氷

八十五歳嫁と呼ばれる盆踊り

蜻蛉に魔法をかける女の子

教会は畳敷きなり女郎花

野放図や紫式部白式部

糸瓜忌の育ち過ぎたる糸瓜かな

日に一度見舞ふが習ひ陸稲畑

曇り空ほどの秋思を磨きけり

台風の手持ち無沙汰といふもあり

今年また定員三羽鴨の池

石焼きの魚のふくふく神迎へ

五能線ごつと傾く湾小春

山径の平らに憩ふ冬木の芽

この寺の猩々木の所在なき

せつせつと男灰汁とる年忘

一言に傷ついてをり炬燵猫

氷川丸汽笛を長く年惜しむ

二〇〇八年

六段の調べの間の初音かな

わが六腑初めて見たる寒の明

くよくよも木つ端微塵や春一番

デッサンにみどり色のせ花粉症

夏みかん匂ふ練馬は田舎なる

鴨の群断りもなく帰りけり

花は葉に雨の荒ぶる虚子忌かな

今年また小さき小屋に蛍守

尼寺に男待ちをり虎が雨

ウェストン祭塩に甘さのサラダかな

鎌倉の黒き甍や鰹潮

駄々つ子のやうな生涯桜桃忌

紙飛行機二機はかへらず大夕焼

枇杷啜ることの曖昧を愛すなり

先生の巻髪涼し懐かしき

冷麦の赤ひとすぢを嫌ひなり

三越のライオンに散る合歓の花

まだ暮れぬ野外映画や蟬時雨

落蟬や地ほてり残る石の階

浜風を描くにうかと日焼けかな

綿菅の色の残りの引つかかる

夏の果牛の匂ひに囲まれて

屈託のひとつハモニカ終戦日

エスカルゴソースを麵麭に休暇果つ

牛の糞切株の如秋旱

山峡をひたすら迷ふ葛の花

牛方宿土間を垣間見新走り

雨煙るめぐすりの木や穴まどひ

カーナビが迷つてをりぬ星月夜

揺れもせで途方に暮れる秋桜

休日の入り口探す金木犀

刈稲を花束のごと抱き少女

泥んこの田んぼうれしと紫雲英蒔く

鍋蓋に小窓がありぬ社会鍋

銀座伊東屋筆一本を師走かな

ギター果て余韻といふを雪明り

どの柚子もそばかす美人冬至風呂

北山杉隆々として掃納

毒茸

二〇〇九年〜二〇一一年

二〇〇九年

母の忌の煮物を甘く寒の入

上州や寒風に背を押されたる

お焚き上げきらきらきらと寒の雨

輿に乗るスマートボール女正月

薄氷のふれあふ音も汀かな

あの路地が真砂女の店の朧かな

マラソンの銀座京橋大霞

ゼッケン九三九一魚は氷に

ランナーに恵みとなりて花時雨

水温む培養土にも五つ星

人は皆なにかに一途抱卵期

春深し唇を嚙む仏さま

大黒の三つ指涼し禅の寺

営営と黙黙と喰ふ牛の夏

旅なれば衝動買ひよ夏衣

濃紺の男の料理初鰹

大竈飯ふくふくと喜雨休

座席に残る他人のぬくみ半夏雨

梅雨嫌ひパソコンぷつと毀れけり

食べごろをまたもはづしてメロンかな

藪つ蚊め運転中ぞまだ吸ふか

小上がりは鰻の寝床鰻飯

白ワイン氷を浮かべ月今宵

秋駒の頬なぜて先づご挨拶

大壺に富士の薄を御師の宿

細長き町は火の海火伏祭

松明の火の粉飛びくる八月尽

草の花こんなに長く手をつなぎ

修道院に旅人ばかり七竈

豪快に籾吹き上げて多摩夕べ

茸茶屋赤松空を狭めたる

あの子がほしい短日の植物園

蜜柑山みかんに染まり眠くなる

潑剌と冬の噴水湯気たてぬ

花柊胸に瑕もつものどうし

二〇一〇年

のんびりと海見て終る太郎月

長きもの銜へなほして春鴉

鴨引きて点睛を欠く池の色

蘂黒く悪魔の如しチューリップ

対岸は昭和の迷路花に酔ふ

花吹雪化石のごとき象の尻

紙風船大当りとは大仰な

鶯の谷渡り羽州街道一里塚

母の日の四角四面の花届く

更衣ほのぼのと夫老いにけり

ゴーギャンのタヒチの女海紅豆

モルグ街紙魚棲まはせてポオ全集

誘拐の正しき作法夏芝居

毛虫焼く女の黙のおそろしき

梅酒古りなにがなんだか舐めてみる

生来はプラス思考よダリア咲く

船虫の遁走の術愛すべし

端正とはわれのことなり毒茸

良夜かな湿布薬を張り替へて

姫滝とかすかに読める草紅葉

菊人形孔雀の羽根を挿しにけり

二つづつ柚子がきよとんと句座の卓

カヤックの白波を揉む十二月

審判の岩に張り付く寒さかな

終点まで戯れあつてゐるクリスマス

船で着く古きホテルや降誕祭

二〇一一年

二日早や餅と麵麭とを焼きにけり

転勤の子にはじめての鰤雑煮

さつと出てさのさ唄ふや今朝の春

寒卵炊き立てご飯夢想しぬ

知らぬ間や寒九の海を出港す

大寒や日のぽかぽかと母笑みぬ

脱皮したくて大寒の髪切りぬ

福の豆老いと幼は手渡しに

一杓の春立つ水のやはらかき

優ちゃんの前歯が抜けて春立ちぬ

少女らの指きびきびと草青む

大学の古き丸窓亀鳴けり

鞦韆に鷹女を思ふ日暮かな

アフリカの蠟燭立てに春愁

原発の復旧遅々と遅日かな

紙風船ふうと幸入れ返しやる

おむすびは祈りの形春の地震

横浜ってなんか嬉しい風車

聖五月フランス山へ足馴らし

ヴィクトルユゴー薔薇何色に黒日傘

英吉利館節電中や百合匂ふ

卯の花や三角巾の帆を胸に

本蔵の三トン仕込み父の日よ

怪我をしてうれしき誤算ハンモック

この国の優柔不断日雷

東京が暗くなつたとメロン切る

丸く掃きゆるゆる生きる暑さかな

ハチ公像取り囲んでる処暑日傘

晒し鯨味なき味や秋の色

弟の古希のダンスや豊の秋

いにしへや新酒を積んで樽廻船

敬老日乗つてもみたき飛鳥号

寝転びて吾子撮る父や草の花

川べりを野の花数へ寒露の日

レインボーブリッジ歩いて渡る十三夜

晩秋の箱根の峰を火縄銃

白秋忌利休鼠の雨に濡れ

文化の日花嫁乗せてどんこ舟

焼芋や男はなべて意気地なく

冬の蠅おもむろに足すり合はす

追ひ越してヒールのリボン十二月

霜柱踏んできれいな音聴きぬ

モノレール終点は海春近し

鎌の月

二〇一二年〜二〇一四年

二〇一二年

ハイソックス神妙に坐す初点前

寒の入り絵本の中も鎌の月

開運の抽斗五十鬼は外

如月やパプリカの赤フォンデュ鍋

春塵の人類の敵発見す

うぐひすや青竹に飯噴きあがる

一年を余震に脅え草青む

啓蟄の法螺貝の音の地を這ひぬ

火渡り祭盛る火鎮め春の水

戦国の名残引橋花吹雪

抜け道の塞がつてゐる蝮草

一面の白詰草や尼坊跡

竜巻に翻弄される立夏かな

しみじみと日本のをみな新茶汲む

じゅんさいの喉ひんやりと慈愛かな

化け猫の棲むてふ森や初蛍

水鉄砲大の男が本気なる

石垣の備中刻字涼しかり

落書禁止と落書日の盛り

炎天に女芸人気合術

絵手紙のはみ出す余白炎ゆるかな

片蔭やこれでお仕舞ひ紙芝居

箱釣のここだけ盛ん昭和の灯

愛されて大きな穴や花氷

祝婚の鐘に夕顔ひらきけり

秋澄むや幼子の目に見つめらる

狭山茶の詰め放題や彼岸花

二三本幸運を呼ぶ鍾馗蘭

換気扇声吸はれゆく秋の暮

この地球の騒めく未来秋深し

完熟を五感に決める豊の秋

デパ地下に良き匂ひさせ茸汁

悼 森光子

「時間ですよ」大女優逝く小春かな

遠吠えのうおんうおんと雪催

いまさらに威厳に満ちて雪の富士

一茶忌の暮れて信濃の中華そば

薪足して暖炉の煙ももてなしぞ

悴みて戸隠奥社まで行けず

冬の蠅賽銭箱の日溜りに

駅といふ出会ひの舞台聖樹の灯

限定のローストビーフ忘年会

二〇一三年

注連飾バドミントンの羽根飛びぬ

初詣洞窟までを渡し舟

梅香る合格鉛筆孫にかな

梅一輪日曜画家も景のうち

啓蟄の青春18きつぷかな

宍道湖の砂を吐きたる大蜆

春泥に息づくもののありにけり

早や二年仮侘住ひ葱坊主

早苗饗やハンバーガーも届けらる

鯖素麺喰はず嫌ひを返上す

ふるさとは賑はふ頃ぞ鮎の川

夕風に早や頼もしき植田かな

喜雨休塩羊羹のほの甘き

着ることのなかりし衣もお風入れ

はやぶさの模型をとくと青葉木菟

見学証首に巻き付く半夏かな

病む母に烏団扇の風送らん

贋物の篝火灯り土用入り

銀水引草遠くに白き帆の浮かぶ

鯛やバーベキューの火盛り上がる

秋の蛇一つ払へばまた一つ

掘り立てのじやが芋にアボガドの贅

天然の郡上鮎食ぶこころざし

下駄鳴らす徹夜踊りや旅の果

悪友は寡婦ばかりや盆踊

穏やかや童女の如き母の秋

頑丈な吊橋なりし穴惑ひ

この日のため愛しき夫の渋皮煮

二〇一四年

古希過ぎて新人賞や初便

春雪や加賀の麩菓子のほろと溶け

代々の雛も見ずに加賀の旅

若者の熱気が眩し名残雪

シーバスの重油が匂ふ春霞

うぐひすに前途多難と言ふべかる

茅花野や通船堀のたうたうと

黙々と青竹を割る花粉症

残照に波かがやきて五月富士

山棟蛇赤いヒールが気になりぬ

天道虫星を数へて放しやる

青芝に坐禅を組んで女かな

兄弟に言葉少なし蛍の夜

初蛍闇美しく手の匂ふ

弟の手冷たき記憶蛍狩

めまとひに愛され雁字搦めかな

まだ一つ見果てぬ夢や浮いて来い

さくらんぼ擽るやうに洗ひけり

この荘の真ん真ん中や藷畑

米寿まで生きるつもりの温め酒

魯山人の素朴が嬉し落花生

タキシード反らしてタンゴ敬老日

石蕗の花鼓聞こゆるなまこ壁

あとがき

ひょんなことから、俳句を始めて十五年以上が経ちました。日本画を習いたくてカルチャーセンターに行きましたが、その日は俳句の一日体験講座があり、その時の俳句の先生が、いさ桜子先生です。

この出会いこそ、私にとって幸運なことでした。この日の席題が「八重桜」でしたので四月だったと思います。今日、見た景色と八重桜を入れて一句作ってごらんなさい、と言われました。先生の優しい笑顔と言葉に、魔法にかかったようになり、十七文字なら私にも出来るのではないかと、即、入会をお願いいたしました。

主宰には、俳句の基礎から、すべて教えて頂きました。以来、桜子先生と句友の皆さんと歩く毎月の句会、吟行会の愉しさ面白さ、そして難しさに、十五年が、あっと言う間のことでした。蔵王、山寺への吟行では、山頂近く救急のヘリコプターの出動に出遭ったり、青森のねぶた祭では、私の不注意で携帯電話を無くして、すごい人ごみの中、右往左往してご迷惑をかけた事など、そして、二月、その年の豊年を祈願して舞う八戸のえんぶりも初めて目にするものばかりで非常に興味深かったです。その夜の宿は秘湯の一軒宿、谷地温泉、一面雪で真白でした。二階の屋根の大氷柱が一階の屋根に届いていました。夜になると貂がでるという張り紙に私たちは窓に張り付いて俳句をしながら見張っていました。ほんとうに出たんです。雪の中に白にちょっと薄い茶色がまじった可愛い貂でした。吟行でなければ絶対に出会えない貴重な思い出です。

二〇〇〇年、主人が、突然、骨髄性白血病と言う難病に冒されて、一時はもう駄目かと目の前が真っ暗になりましたが、入退院を繰り返し、今は、寛解の状態に落ち着いております。

そして昨年、結婚五十年を無事に迎え、記念して句集を纏めることといたしました。

俳句があったことで、どんなに苦しい時もどれ程癒されたことか、ともすれば、内に籠もりがちな私を、吟行に誘って頂き、見知らぬ町を無心に歩くことで気分転換が出来ました。思いがけない言葉を賜ることもありました。それは、俳句への糧になったことでしょう。

句集名『枇杷愛す』は、〈枇杷啜るこの曖昧を愛すなり〉からとりました。娘は種が大きくてどうしても食べたいものではないと言います。私は色も形も懐かしく、季節になると、どうしても食べたくなる果物です。子供の頃、田舎の家の庭に枇杷の木が一本ありました。

これからも、自然にこころを寄せ、季節の言葉を探して私にしか詠めない俳句を詠みたいと切に思っております。

この句集を編むに際しましては、いさ桜子主宰にはお忙しい中、私の未熟な句に、心のこもった選句と序文を賜りました。

伊佐雄治先生には、とても素敵な装画を賜りました。心からお礼申し上げます。

また、「さくら」会の句友の皆様には、いつも、ご親切と励ましを有難うございます。今後とも、どうぞ宜しくお願い申し上げます。

二〇一四年一二月

梅田うらら

著者略歴

梅田うらら（うめだ・うらら）本名　梅田清子

一九三九年　岐阜県岐阜市生れ

二〇〇一年　「さくら」入会

現　　在　俳誌「さくら」同人・日本伝統俳句協会会員

現住所　〒192-0363　東京都八王子市別所一―四四―二―六〇三

句集

枇《び》杷《わ》愛《あい》す

発　行　平成二十七年二月二十六日
著　者　梅田うらら
発行者　大山基利
発行所　株式会社　文學の森
〒一六九-〇〇七五
東京都新宿区高田馬場二-一-二　田島ビル八階
tel 03-5292-9188　fax 03-5292-9199
e-mail　mori@bungak.com
ホームページ　http://www.bungak.com
印刷・製本　竹田　登

ISBN978-4-86438-397-4　C0092